D1536752

Les Éditions du Boréal
4447, rue Saint-Denis
Montréal (Québec) H2J 2L2
www.editionsboreal.qc.ca

LES OMBRES
DE LA NUIT

DU MÊME AUTEUR
DANS LA SÉRIE « LES NUITS DE BLUES »

Pas de poisson pour le réveillon, Boréal, coll. « Boréal Junior »
  nᵒ 82, 2003.

Saïda le macaque, Boréal, coll. « Boréal Junior » nᵒ 85, 2005.

Salsa la belle siamoise, Boréal, coll. « Boréal Junior » nᵒ 88,
  2006.

Les Rats de l'Halloween, Boréal, coll. « Boréal Junior » nᵒ 94,
  2008.

Pascal Millet

LES OMBRES DE LA NUIT

LES NUITS DE BLUES 5

Boréal

© Les Éditions du Boréal 2010
Dépôt légal : 1er trimestre 2010
Bibliothèque et Archives nationales du Québec

Diffusion au Canada : Dimedia
Diffusion et distribution en Europe : Volumen

*Catalogage avant publication de Bibliothèque et Archives nationales du Québec
et Bibliothèque et Archives Canada*

Millet, Pascal

    Les ombres de la nuit

    (Les Nuits de Blues ; 5)
    (Boréal junior ; 101)
    Pour les jeunes.

    ISBN 978-2-7646-2016-8

    I. Pratt, Pierre. II. Titre. III. Collection : Millet, Pascal. Nuits de Blues ; 5.
IV. Collection : Boréal junior ; 101.

PS8576.I556O42   2010   jC843'.54   C2010-942692-7
X9576.I556O42   2010

Pour Miaw-Miaw, un dernier blues

Un drôle de chien

Il n'y a rien de plus désolant que les chiens en été. Ils sont baveux, tirent des langues aussi grosses que des limaces et ressemblent à de vieux torchons étendus en plein soleil. Des fainéants, des êtres inutiles qui n'arrivent à bouger que pour gober des mouches. Et je ne vous parle pas de l'odeur, de ce délicat parfum de poubelle qu'ils trimballent avec eux.

Je me suis retourné et j'ai regardé le ventre à pattes qui m'accompagnait.

Lui était vraiment différent, il n'avait rien d'un sac à puces.

— Dis, je lui ai demandé, t'es vraiment un chien?

— Bah, oui, pourquoi?

— Pour rien, j'ai répondu.

J'avais du mal à croire qu'il en soit un. Efflanqué, de taille moyenne, il avait un petit museau pointu, le poil court et des pattes aussi fines que sa queue. Il me faisait penser à un petit chevreuil ou à un lapin, voire à un mélange des deux. Et, surtout, il ne puait pas. Je l'ai de nouveau observé et me suis demandé si je n'étais pas encore une fois plongé dans un de mes cauchemars. Depuis quelque temps, je n'arrivais plus à dormir, ou rien que d'un œil.

Souricette m'avait justement réveillé au milieu d'un de ces cauchemars.

— Blues, Blues, il y a un whippet qui veut te voir!

J'avais grogné, soulevé une paupière et aussitôt replongé dans mes rêves.

J'étais un rat, un affreux rat, une de ces bestioles répugnantes qui vivent dans les égouts et ne se nourrissent que de choses avariées.

— Blues! Réveille-toi! Quelqu'un a disparu!

La mignonne m'avait alors tiré une moustache pour m'obliger à ouvrir les yeux. Par réflexe, je l'avais poussée en bas du sofa d'un coup de patte. La pauvre était tombée cul par-dessus tête, mais elle s'était relevée aussi sec pour revenir à l'attaque.

— Un whippet, elle avait répété en se tâtant le crâne. Il y a un whippet qui désire te rencontrer.

— Et c'est quoi, un whippet? j'avais grondé.

— C'est, euh… Enfin… Je crois que c'est une espèce de ventre à pattes. Tu devrais aller voir.

Un chien. Moi, Blues, me déplacer pour un chien! Mais c'était ça ou me rendormir. Et je ne voulais pas me rendormir, revoir le rat que j'étais devenu dans mes cauchemars. Un chat, j'étais un chat. Et j'avais sauté de mes coussins moelleux pour m'éclipser par la fenêtre ouverte. Il faisait chaud, la nuit était étoilée et la lune brillait. Lentement, prenant tout mon temps, j'avais alors glissé le long de ma gouttière préférée et retrouvé le whippet. Il m'attendait au coin de la rue.

— Tu voulais me voir?

— Mon frère. Il faut que je le retrouve, il a disparu.

Lui se nommait Frédy, et son frère se nommait Frédo. Frédy et Frédo. Et on a marché, tourné dans la ville, cherché son frère aux alentours des poubelles, ma première idée.

— Ton frère, il te ressemble? j'ai demandé au bout d'un moment.

— Oui. On se ressemble tous, non?

— Tous?

— Ben, nous, les chiens.

Un chien… Il ressemblait à tout sauf à un

chien. Je me suis même demandé s'il en avait déjà vu un.

— Bon. Il y a peut-être un endroit où on pourrait retrouver ton frère. Je vais t'en montrer, des chiens. Des vrais, avec des puces et des tiques, avec des mâchoires bien plus impressionnantes que la tienne. Suis-moi, je vais te conduire chez Molosse et sa bande. Eux sauront sûrement où se cache Frédo.

Et on a pris la direction du terrain vague, le territoire de Molosse.

CHAPITRE 2

Des bêtes affamées

On a changé de rue, marché dans une ruelle et longé la palissade qui entourait le terrain vague.

— Voilà, j'ai dit. Nous sommes arrivés. Les chiens sont de l'autre côté de cette clôture de bois. Va les voir, et demande-leur, pour ton frère. Eux pourront peut-être te renseigner.

— Tu crois? a fait le whippet, incertain.

— Évidemment. Entre chiens, vous devez vous aider, non ?

En fait, je n'en étais pas sûr. J'ai laissé Frédy devant la palissade. Il semblait indécis, perdu, et moi, au lieu de m'éloigner, j'ai bondi sur la clôture. Je désirais voir ce que les autres, Molosse et sa bande, allaient faire. Bien installé sur mon perchoir, je me suis aplati et j'ai attendu.

J'avais une vue magnifique du terrain vague et de ses occupants. Ils étaient tous là, ou presque. J'ai repéré Tadosse, le plus maigre de tous, Nonosse, qui tentait entre ses deux mâchoires d'éventrer une boîte de conserve, et Vélosse, qui s'impatientait et râlait :

— Tu ne peux pas faire plus vite ? Un coup de dent, et hop, ce truc devrait être ouvert.

— Tais-toi, a grondé Krados, sortant de sa cachette. Tu as déjà essayé et tu n'as réussi qu'à te démolir une molaire.

— Et toi ? a répondu Vélosse. T'as pas fait mieux.

Décidément, rien ne changeait au paradis

des chiens. Toujours à se disputer, à tenter de se remplir la panse avec n'importe quoi.

— J'y arriverai pas, a fait Nonosse en repoussant la boîte du museau. Qui veut essayer?

Aucun n'a répondu, et tous ont regardé la boîte de conserve avec désespoir. Je m'attendais à voir arriver Molosse, le chef, qui allait sans doute leur montrer qui était le plus fort. Mais visiblement, il était absent.

— Si Molosse était là…, a dit Vélosse en soupirant.

— Lui aurait déjà ouvert cette maudite boîte, a fait Krados.

Les chiens semblaient découragés. C'est alors qu'a surgi Frédy.

— Euh… Je…

Il avait la queue entre les pattes, les oreilles basses, et il tremblait de tout son être.

— Tiens, tiens, tiens, a grondé Krados en l'apercevant. Nous avons de la visite, les amis.

Les chiens se sont redressés, babines retroussées, et ils ont encerclé Frédy. Ils avaient faim, ça se voyait, leurs estomacs semblaient vides depuis longtemps. Mon whippet était en mauvaise posture, je ne pouvais le laisser se faire dévorer. J'ai sauté de ma palissade et me suis glissé derrière un gros sac de ciment.

— Alors, qui es-tu ? a grogné Krados.

— Je… je… m'appelle Frédy. Et je suis un… un… whippet.

— Un quoi ? a demandé Nonosse.

— Un chien, a répondu Frédy. Comme vous.

Ils ont ri, d'un rire lugubre, pire que celui des hyènes devant un festin assuré.

— Toi, tu es un chien ? Et moi, je suis quoi, d'après toi ? a fait Krados en s'approchant au plus près de Frédy.

Le pauvre n'a pu répondre, il claquait des dents. J'ai même cru qu'il allait se mettre à hurler à la mort comme un animal pris au piège. Il me faisait pitié, vraiment, et j'ai senti que je devais intervenir avant qu'il ne soit trop tard. J'ai bondi de ma cachette.

— C'est un chien, ouais, j'ai dit à Krados, mais sûrement pas un sac à puces qui pue à des kilomètres à la ronde.

— Blues!? Eh, les gars, regardez-moi ce chat noir. Je suis sûr qu'il sera bien plus facile à déchiqueter que la boîte de conserve.

Je me suis replié sur moi-même et me suis préparé à la bagarre. Les muscles bandés, j'ai pris mon élan et fait un saut en avant. J'avais visé juste, assez pour atterrir en haut d'une pile de pneus. Tadosse aussi avait bondi, mais avant que ses mâchoires se referment, je lui avais labouré la truffe d'un bon coup de griffe.

— Aïe! a fait le blessé. Aidez-moi, on va l'avoir.

Les chiens se sont élancés sur les pneus. Mon refuge est soudain devenu branlant, et mon équilibre, instable. Il fallait que je m'en échappe, et vite. J'ai sauté, rebondi sur la tête de Krados et réussi à me percher sur le seul arbre qui poussait au milieu du terrain vague.

— Je ne suis pas une vulgaire boîte de

conserve, les amis. J'ai des griffes, des dents, et je suis prêt à me défendre.

— T'as raison, Blues, et il fait trop chaud pour courir. Puis, question lunch, on a déjà ce qu'il faut, a dit Krados en se retournant vers Frédy. Je ne sais pas encore ce que goûte un whippet, mais j'ai l'impression que je vais bientôt le savoir. En avant, les gars, et pas de quartier!

— Sauve-toi, j'ai crié, cours!

Et Frédy a couru, en trois bonds il avait disparu. Il était là et, d'un seul coup, il n'était plus là. Un rapide, si vous voulez mon avis.

— Votre lunch vient de s'envoler, les gars.

Les chiens non plus n'en revenaient pas.

— Ben ça alors! Il court vite, l'animal.

— Plus vite qu'un chat, a dit Krados en regardant dans ma direction.

Ça tournait mal, il valait mieux que je disparaisse à mon tour. Et pas question de lambiner. J'ai hésité, visé la pile de pneus. Le saut était risqué. J'ai foncé, raté mon coup. Je suis retombé sur le sol, dos à la pile. Les chiens m'ont encerclé et ont commencé à me tourner autour comme ils avaient tourné autour de Frédy. Et Nonosse a bondi pour m'attraper. Je me suis baissé, et il a foncé directement dans les pneus. La pile a oscillé, penché d'un côté, puis d'un autre. Les chiens sont restés figés sur place, ont regardé en l'air. J'en ai profité pour grimper sur la palissade. Quand je me suis retourné, la pile de pneus dégringolait. Les ventres à pattes ont essayé de s'enfuir, mais les pneus tombaient, rebondissaient et roulaient sur le sol tout en percutant les chiens. Un vrai jeu de quilles.

— Eh, j'ai crié de la palissade, pas facile d'attraper un chat!

— On t'aura, Blues. Un jour, on t'aura.

J'ai sauté de l'autre côté de la clôture et appelé Frédy:

— T'es où?

Il avait disparu. Je n'ai pas cherché à le retrouver et je me suis demandé ce que j'allais faire. Puis j'ai pensé à Agate, ma belle Agate, et je me suis décidé à aller lui chanter une petite sérénade.

CHAPITRE 3

La disparition des chefs

Agate, ma belle Agate, ses grands yeux et sa jolie fourrure. J'avais hâte de la voir, de lui raconter mes dernières aventures et de m'étendre avec elle au sommet d'un toit, de regarder le ciel et les étoiles, toutes les lumières de la ville, de la trouver plus belle encore. Comme j'arrivais près de sa maison, j'ai aperçu ce gros balourd de Tony-la-Moustache qui remontait la rue. Je l'ai suivi. Il s'est arrêté en face de la demeure d'Agate et il a commencé à miauler. Une voix, mes amis, un concert de casseroles à lui tout seul, à croire qu'il avait un chat dans la gorge. Je me suis approché à pas de velours et j'ai senti mon poil se hérisser. J'avais bien envie de lui caresser le postérieur d'un méchant coup de griffe.

— Que fais-tu ici, gros lard? j'ai grondé.

Tony s'est retourné, prêt à en découdre.

— Blues? il a dit, étonné.

— Blues, oui, c'est mon nom, j'ai répondu. Toi, t'as rien à faire ici.

— Écoute, je suis pas là pour, enfin…

Mes oreilles se sont abaissées, et j'ai fait le dos rond. J'étais en colère, vraiment, et cet imbécile allait souffrir. Comme je m'apprêtais à lui sauter dessus, Agate est apparue. Oh, mon Dieu, les amis, une beauté, son poil luisant, ses yeux encore plus verts à la lumière des réverbères!

— Blues? elle a dit. Je ne pensais pas te voir ici.

J'ai aussitôt compris : la belle m'avait délaissé, elle préférait cet idiot de Tony-la-Moustache. Déçu, j'ai tourné le dos et je me suis décidé à rentrer.

— Blues ! elle a miaulé en me rattrapant. Où vas-tu ?

— Chez moi, puisque tu préfères la compagnie de ce balourd.

— Mais, Blues, tu sais très bien que c'est toi que j'aime, elle a ronronné à mon oreille.

Mon cœur a failli exploser. Elle m'aimait, elle me le disait. Par contre, je ne comprenais toujours pas pourquoi elle était sortie quand Tony avait miaulé. J'étais jaloux, un peu. Et Agate m'a expliqué :

— Tony est passé me chercher juste après l'appel. Et je ne voulais pas t'attendre, je pensais même que tu étais déjà à la poissonnerie.

Un appel. D'habitude, c'était une bonne nouvelle, ça voulait dire que les bateaux étaient arrivés à quai avec une jolie cargaison de poissons frais. Je me suis imaginé un beau morceau de thon ou de saumon, assez gros pour que je puisse le partager avec Agate, et je me suis passé la langue sur les babines rien qu'en pensant à ce futur festin.

— Ce n'est pas ce que tu crois, a dit Tony en me voyant saliver. Ce n'est pas un appel au gueuleton. Mambo a disparu, et personne ne sait où il est.

— Mambo?

— Oui, et nos amis les chats ont envoyé les pigeons voyageurs, Marco et Polo, nous prévenir. Ils ont dû passer chez toi.

— Malheureusement, je n'y étais pas. J'ai eu un petit problème avec quelques ventres à pattes. Bon, ne perdons pas de temps. Allons-y.

Les disparitions étaient toujours à prendre au sérieux : nombre de dangers nous guettaient, surtout quand nous ne portions pas de collier, la fourrière en premier. J'ai eu envie de le leur dire, de leur avouer que Mambo était peut-être prisonnier des hommes et qu'il nous faudrait user de beaucoup de ruse pour le libérer. Mais j'ai préféré me taire. Swing, Jazz et Tango savaient peut-être autre chose. Ils nous attendaient sur le parking désert de la conserverie, juste derrière les quais. Whisky, le chien du bar Le Perroquet vert, était là aussi.

— Merci d'être venus, a dit Swing. Mambo a disparu et nous devons le retrouver.

— Et où veux-tu le chercher? a demandé Tony.

— Aucune idée. Toi, Blues, qu'en penses-tu?

— La fourrière, j'ai répondu. Il est peut-être à la fourrière.

Il y a eu un silence. Tous savaient ce que la fourrière voulait dire. Une cage, une prison et l'attente. La libération, l'adoption… ou pire!

Enfin, Whisky a pris la parole, ce qui nous a soulagés:

— Il n'y est pas, je peux vous l'assurer. Les hommes de la fourrière viennent au bar, et je les aurais entendus parler de Mambo. Ce n'est pas n'importe quel chat.

— C'est vrai, a fait Jazz, Mambo est rapide

et fort, et je plains celui qui aurait tâté de ses griffes. Plus solides que de l'acier, mes amis.

— Qu'est-ce que tu as dit? j'ai demandé.

— Mambo, j'ai dit qu'il était fort…

— Oui, je sais, j'ai coupé, mais au sujet de ses griffes?

Tous m'ont regardé comme si j'étais fou. Je connaissais Mambo depuis toujours, je n'avais donc pas à poser de pareilles questions.

— Ça va, Blues? a demandé Agate en s'approchant de moi.

— Ça va, oui. Peux-tu répéter ce que tu viens de dire, Jazz?

Il m'a regardé, a regardé les autres, et il a répété.

— J'ai dit que Mambo était grand et fort, et que ses griffes étaient plus solides que de l'acier.

J'ai su que c'était ça, que je tenais un début de piste grâce aux dernières paroles de Jazz. Les griffes de Mambo étaient plus solides que de l'acier, ça me rappelait quelque chose.

— Tu as une idée, Blues?

— Je… Attendez un instant, il faut que je réfléchisse.

Les chiens, le terrain vague. Il manquait Molosse, et surtout sa solide mâchoire capable d'ouvrir les boîtes de conserve.

— Alors? a fait Tango qui s'impatientait.

Et j'ai raconté : Molosse et sa bande, la boîte de conserve que les chiens avaient tenté d'ouvrir sans succès.

— Et? a fait Tony en me fixant avec de grands yeux.

— Il y a un rapport entre les deux, j'ai dit. Molosse n'était pas là, lui aussi a disparu, du moins, je crois. Vous ne comprenez pas? Deux chefs ont disparu, deux êtres forts, grands et puissants, armés de bonnes griffes ou de bonnes dents.

— Qu'est-ce qu'on doit faire? a demandé Jazz.

— Remonter la piste, j'ai dit. Aller sur le territoire des sacs à puces et leur demander où est Molosse.

Je savais qu'il me fallait aussi mettre la patte sur ce bizarre de chien que j'avais rencontré au début de la nuit. Frédy, oui, je devais le retrouver.

— Dites, savez-vous ce qu'est un whippet? j'ai demandé.

— Un chien, a répondu Whisky.

— Un chien, je veux bien, j'ai dit en m'énervant. Mais quel genre de chien?

— Un lévrier, si tu veux savoir. Un des chiens les plus rapides au monde. Les hommes organisent des courses avec ces chiens, et ils parient dessus, comme pour les chevaux. Ça te va, comme réponse?

Je me suis demandé ce qu'un whippet pouvait avoir en commun avec mon ami Mambo ou avec ce sac à puces de Molosse. Un animal, ce n'était qu'un animal, mais pour le reste je ne voyais pas. Et, pour le moment, peu importait, il fallait retourner au terrain vague et poser des questions aux chiens.

CHAPITRE 4

Un peu d'entraide

J'ai laissé mes compagnons dans la rue et me suis faufilé entre deux planches disjointes de la clôture. Les chiens étaient toujours là, de mauvaise humeur. J'ai cru que c'était à cause de la boîte qu'ils n'avaient pas réussi à ouvrir, mais je me trompais.

— Répète un peu, a grogné Tadosse en montrant les crocs.

— Je devrais être le chef, c'est ça que je dis, a fait Krados. Moi, je suis intelligent, plus que vous trois réunis.

Ses babines étaient retroussées, et il était prêt à mordre.

— Je ne suis pas d'accord, a grondé Nonosse.

— Ni moi, a lâché Vélosse.

— Et qui, sinon moi, peut devenir chef?

Ils se sont approchés les uns des autres, queue entre les pattes et poils hérissés. Molosse n'était plus là, et ils allaient se battre pour savoir qui le remplacerait. Si je voulais poursuivre mon enquête, je devais intervenir avant qu'ils ne s'étripent.

— Dites, j'ai fait. Euh…

— Blues!? Tu oses revenir ici?

Et quatre gueules m'ont soudain fait face. Quatre gueules puantes et armées de canines pointues.

— Je… Écoutez…

— Attrapez-le! a fait Krados.

Mais les chiens n'ont pas bougé d'un poil. Ils sont restés à me fixer, silencieux.

— Attrapez-le, sinon il va encore nous échapper, a répété Krados.

— C'est un ordre, ça, et tu n'es pas notre chef !

— Ouais, nous refusons d'obéir.

— Molosse, lui, c'était un chef, mais pas toi.

Il y avait de l'insoumission dans l'air. Krados s'est soudain affalé sur le sol, découragé.

— Il fait trop chaud pour se battre. Que veux-tu, le chat ?

— Juste savoir ce qui est arrivé à Molosse.

— On ne sait pas. Il a disparu. J'ai essayé de remonter la piste. J'ai suivi son odeur jusqu'au coin de la rue et, ensuite, plus rien, ça ne sentait que l'essence. Il a dû grimper dans un véhicule.

— La fourrière, tu penses ?

Il y a eu un silence. La fourrière était un mot qui, une fois prononcé, vous glaçait les os.

— Non, ce n'est pas la fourrière. Ça aussi, je l'aurais su, a dit Whisky en franchissant les limites du terrain vague. Molosse est un chien fort et puissant, il a ajouté en faisant quelques pas en direction de Krados. Si les hommes l'avaient attrapé, ils en auraient forcément parlé, juste pour se vanter.

— Alors qui? j'ai murmuré.

Personne ne savait et personne n'avait d'idée. Je devais me rendre chez Binocle, lui seul pourrait me renseigner. Mais, avant, je voulais être certain d'une chose.

— Si on vous aide à retrouver Molosse, vous nous aiderez à retrouver Mambo? j'ai demandé aux chiens.

Krados a regardé la boîte de conserve abandonnée au milieu du terrain vague et soupiré:

— Oui, Blues, on t'aidera, toi et ton ami le whippet.

— Je parlais de *nous,* j'ai dit un peu plus fort.

Et les chats, tous les chats sont sortis de leur cachette pour se percher sur la clôture et observer les chiens.

— C'est vrai qu'ils puent, a déclaré Jazz.

— Une infection, a renchéri Tony.

— Ça suffit, j'ai crié. On n'est pas ici pour se battre ni pour s'insulter. Soyez raisonnables et écoutez-moi, tous. Toi, Whisky, tu vas essayer de trouver les frères Duraton. Ils nous ont souvent aidés, et leur petite taille pourrait nous rendre service. Krados, j'aimerais que tu conduises Jazz à l'endroit où Molosse a disparu.

— Ouais, c'est pas loin.

— Bien. Et toi, Jazz, tu essaieras, avec Krados, de suivre les traces du véhicule. Chaque voiture a une odeur particulière. Concentrez-vous, mais attention, hein, ça peut être dangereux. Toi, Agate, pourrais-tu prévenir Volatile, la mouette, et les deux pigeons voyageurs? J'ai l'impression que nous aurons besoin d'un soutien aérien. Et les autres, vous restez là. D'accord?

— D'accord, oui, mais toi, que vas-tu faire?

— Je vais me rendre chez Binocle. Lui nous apprendra peut-être quelque chose. Enfin, j'espère.

Et je suis parti trouver Binocle, mon ami le vieux rat, celui qui m'avait élevé. Depuis qu'il m'avait raconté l'histoire de ma jeunesse, je ne pensais qu'à ça. Pire, j'en rêvais tous les jours : chaque fois que je fermais les paupières, je replongeais dans les égouts, je revoyais ma mère blessée, mourante, et lui, jeune rat, qui lui promettait de prendre soin de moi. En fait, depuis que je savais tout ça, je me sentais à moitié rat ; un cauchemar pour un chat.

— Eh ? Blues ?

Je me suis retourné et j'ai vu Frédy, le whippet.

— T'as retrouvé ton frère ? j'ai demandé.

— Non, je me suis seulement caché. Tes amis m'ont fait peur.

— Ce ne sont pas vraiment mes amis. Tu sais, nous, les chats, nous supportons très mal les chiens.

— Même moi ?

— Toi ? Toi, t'es… Enfin, toi, t'es différent.

Il l'était, vraiment. C'était un chien sans

être un chien. Un peu comme moi. Oui, j'étais un chat, mais pas vraiment un chat comme les autres.

— Tu vas où, là?

— Voir un rat, mon ami Binocle, et tu peux m'accompagner si tu veux. Mais tu resteras dehors, et ne va surtout pas mettre ton museau dans les poubelles.

— Je ne suis pas un fouilleur de poubelles.

— Tous les chiens le sont, j'ai aussitôt répondu.

— Comme tous les chats sont amis des rats, il a lancé avec une pointe de sarcasme dans la voix.

— Ça veut dire? j'ai demandé.

— Ça veut dire qu'il ne faut pas se fier aux apparences, c'est tout.

— Bon, tais-toi maintenant, on approche.

CHAPITRE 5

Le fou de l'île

Quelques clients traînaient à la terrasse, profitaient de la nuit et discutaient devant leurs assiettes vides. Le restaurant allait fermer, et le patron, dans sa cuisine, poussait des airs d'opéra en nettoyant ses chaudrons. Je me suis faufilé entre les tables et j'ai évité de humer les bonnes odeurs de poisson grillé. Ça sentait toujours bon dans le coin, et j'enviais un peu

Binocle d'habiter ce paradis. Mon vieil ami le rat avait élu domicile dans la cave du restaurant, un endroit idéal pour une retraite heureuse. Je me suis glissé dans le soupirail et j'ai évité trois pièges à souris.

— Binocle? j'ai appelé.

En fait, c'était encore mieux que le paradis. Des jambons et des saucissons pendaient du plafond, des fromages mûrissaient sous cloche, et le plus beau, le vrai trésor, celui qui me faisait saliver au plus haut point, c'étaient ces petites boîtes de sardines, ces petits filets de poissons allongés par six et plongés dans une huile d'olive délicatement parfumée au thym et au laurier. Un bonheur sous la dent, et quelle saveur!

— Binocle?

Je me suis approché de son tonneau et j'ai cogné trois fois contre la paroi.

— Binocle, es-tu là?

Rien, pas de réponse. D'un seul coup, j'ai imaginé l'impensable, j'ai cru qu'il était parti ou, pire, qu'un des pièges de Tonio, le propriétaire du restaurant, s'était refermé sur mon vieil ami. J'ai poussé plus loin mon exploration, dépassé les bocaux de pâtes et la réserve de tomates séchées, et je me suis arrêté devant un gorgonzola puant. Une horreur! Je ne comprenais vraiment pas qu'on puisse avaler une telle pourriture en se pourléchant les babines.

— Binocle, réponds-moi, c'est Blues!

J'ai continué ma progression et soudain j'ai aperçu sa queue de rat qui battait les airs.

— Binocle? j'ai dit en me demandant ce qu'il faisait caché dans un trou.

Il a relevé la tête et s'est immédiatement glissé hors de sa cachette.

— Ah, Blues, il a fait en relevant ses lunettes fumées, tu vas pouvoir m'aider.

— T'aider? Et à quoi?

— Je… Enfin, tu vois, il a dit en tirant sur sa barbichette, je me fais une réserve.

— Une réserve, mais une réserve de quoi?

— De nourriture, quoi d'autre?

Fou, il était devenu fou. Partout autour de

nous il y avait à manger, et lui voulait cacher des victuailles.

— Mais pourquoi? j'ai demandé.

— Pour l'avenir, on ne sait pas ce que nous réserve l'avenir. Bon, changeons de sujet; de toute façon, j'ai le temps. Que veux-tu, mon ami?

Que tu me parles de ma mère, j'ai failli répondre, que tu me racontes encore et encore comment, après son accident, elle m'a traîné dans les égouts et t'a fait promettre de prendre soin de moi. Mais Binocle m'avait déjà expliqué cela à plusieurs reprises, il m'avait tout dit, me l'avait répété, et je ne pouvais pas, même pour une dernière fois, lui adresser de nouveau cette requête.

— Alors, Blues, que veux-tu?

— Je… Je fais des cauchemars, j'ai lâché sans le vouloir.

— Des cauchemars?

— Oui. Chaque fois que je ferme les yeux, je deviens un rat.

— Ta mère, c'est ça ? Tu veux encore entendre son histoire ?

J'ai hoché la tête et me suis confortablement installé. Ma mère, oui, je voulais entendre parler d'elle. Et Binocle m'a raconté, il m'a dit comment il avait vu cette minette débouler dans les égouts en tenant entre ses crocs une petite boule de poils noirs.

— Tu étais minuscule, Blues, un chaton pas plus gros qu'une souris. Elle t'a déposé sur le sol et m'a demandé de l'aider. Elle était blessée, gravement, et je n'ai jamais su si c'était à cause d'un chien ou d'une voiture. Elle m'a regardé avec ses beaux yeux bleus et m'a demandé de te protéger. J'ai refusé, j'étais jeune, tu comprends, trop jeune pour avoir des responsabilités. En plus, je venais de m'échapper d'un laboratoire, je ne connaissais pas la ville. Mais elle m'a fait pitié, et j'ai dit oui, j'ai promis, et je t'ai élevé. Je t'ai enseigné la vie, j'ai fait ce que j'ai pu, et, sans que je sache trop comment, tu as survécu. Aujourd'hui, si tu rêves, si tu cauchemardes, peut-être est-ce seulement parce que tu te souviens. Mais tu es un chat, Blues, et ta mère était une minette courageuse, tu devrais en être fier. Bon, voilà, c'est la dernière fois que je te raconte cette histoire, je…

— Mais après, j'ai dit, tu m'as chassé?

— Tu ne pouvais pas éternellement vivre dans les égouts. Et puis tu es un chat, un animal propre, qui refuse souvent de se glisser les pattes dans l'eau. Et les autres rats ne t'aimaient pas trop. Comme tu étais mignon, un humain t'a adopté. Ils ne sont pas tous mauvais. Et moi j'étais là, toujours, je veillais sur toi. Et je suis toujours là, Blues, ton vieux Binocle est toujours là. Allez, viens, suis-moi.

Je l'ai suivi, et nous sommes retournés dans la première partie de la cave, celle qui servait de réserve.

— Veux-tu quelques sardines? Ce sont les dernières…

— Les dernières!?

— Oui, la nature est chamboulée et les

poissons disparaissent. Trop chaud, trop froid, l'eau n'est plus jamais à la bonne température. L'homme, Blues, toujours l'homme. Il joue avec le feu, transforme les forêts en papier, fait fondre la glace des pôles, construit bien trop de barrages. La terre se réchauffe, il pleut en hiver, neige en été, la banquise rétrécit, et les ours blancs n'ont plus rien à manger. Et le pire, Blues, a fait Binocle en levant un index, le pire, c'est les vaches. Elles ne donnent plus de lait, et sans lait, mon ami, finis le gorgonzola, le parmesan, le camembert et le gruyère. Disparues les bonnes odeurs de fromage, adieu ce goût délicat sous mes papilles.

— Il reste le poisson?

— Le poisson? Je viens de te le dire. La planète se réchauffe, et la mer devient une poubelle. C'est la fin du monde, Blues, l'homme devient fou!

— Et c'est pour cette raison que tu cachais de la nourriture sous le plancher?

— Survivre, c'est la loi des rats. Survivre et

se méfier de l'humain. Depuis toujours, nous, les rats, nous avons suivi l'homme dans ses migrations, mais aujourd'hui, où l'homme peut-il aller? Sur la Lune, sur Mars? Oh! je suis pessimiste, tu me diras, il est vrai que cet animal à deux pattes est capable du meilleur comme du pire et qu'il peut quelquefois nous surprendre. Grâce à lui, il existe le jambon de Parme, la pancetta, les sardines à l'huile, le chauffage, les égouts; mais aussi, malheureusement, les ratiers, ces mauvais petits chiens dressés pour tuer les rats.

— Tu veux dire que l'homme a inventé les chiens?

— Hum… Disons qu'il les a transformés. À l'origine, les chiens n'existaient pas comme tels. En fait, c'est un loup qui a approché les premiers hommes, un loup fainéant qui se nourrissait dans les poubelles de l'époque. Et, en échange des poubelles, il aidait l'homme.

— Comment? j'ai demandé, intéressé.

— À la chasse, pour garder les cavernes,

pour porter les bagages. Et le loup s'est laissé domestiquer jusqu'à devenir un chien. Et, petit à petit, les hommes ont transformé les chiens. Ils en ont fait des gros, des petits, des méchants et des plus malins.

Le whippet! D'un seul coup je m'en suis souvenu.

— Dis, Binocle, ça sert à quoi un lévrier?

— À courir, à attraper des proies rapides, comme les lapins ou les autruches. Mais de nos jours, ce ne sont que des chiens de course, un peu comme les chevaux.

Whisky m'avait déjà dit tout cela, je n'étais pas plus avancé.

— Et quel peut être le rapport entre un lévrier, un chat et un autre chien?

— Tu peux être plus précis? m'a demandé Binocle.

— Oui. Mambo et Molosse ont disparu, et là, dehors, il y a un lévrier qui cherche son frère.

Binocle s'est immobilisé, et, à le voir ainsi, j'ai senti que c'était sérieux. Il s'est mis à faire les cent pas, à tirer sur sa barbichette et à jouer avec ses lunettes. Sa cervelle bouillonnait, tournait à plein régime. Il s'est soudain arrêté et m'a fait face.

— Il existe une légende, il a dit.

— Quelle légende?

— Le fou de l'île, Blues, le puzzle des animaux, la machine de guerre parfaite, le tueur idéal. Imagine un animal rapide avec une dentition puissante et des griffes acérées.

— Tu veux dire une sorte de ventre à pattes avec des griffes?

— Oui, mais un ventre à pattes ultrarapide et capable de grimper aux arbres, de s'accrocher et de sauter, d'être aussi souple qu'un chat et de…

— Et d'ouvrir des boîtes de conserve d'un coup de dent, j'ai ajouté.

— Un monstre, oui.

— Tu veux dire…

— Je veux dire qu'un être malfaisant va découper les pattes de Mambo, la tête de

Molosse, et les greffer sur le frère de ton lévrier qui attend dehors. Et cet être malfaisant aura construit une machine de guerre parfaite, un animal redoutable que jamais nous ne pourrons combattre.

— Mais si Mambo n'a plus de pattes, il va…

Je n'ai pas pu continuer ma phrase. C'était affreux, bien plus que je ne l'avais imaginé. Et j'ai compris que, si je ne retrouvais pas mon ami au plus vite, il allait mourir.

— Et ce fou, où peut-on le trouver? j'ai demandé.

— Sur l'île du lac, Blues, c'est ce que dit la légende. Quand j'étais jeune, il existait un laboratoire sur cette île. Les hommes faisaient des expériences sur des animaux. Des rats, bien sûr, mais aussi des chiens et des chats. Je m'en suis échappé, tu le sais, et longtemps après, les hommes ont quitté cet endroit. Mais la légende dit qu'un homme est resté, un fou, et que ce fou travaille toujours à de sombres besognes. Je croyais que c'était une légende, mais…

— Comment va-t-on sur cette île?

— Je vais t'expliquer.

Binocle m'a tout dit, et il m'a surtout prié de me méfier. Comme j'allais sortir de sa cave, je lui ai demandé de me garder quelques boîtes de sardines.

— Je reviendrai, j'ai dit. Quand ce fou aura cessé de nuire, je reviendrai.

— Je l'espère, mon ami. Je vais t'attendre.

Et je me suis éclipsé pour éviter les adieux larmoyants. Le fou de l'île, il allait voir ce qu'il allait voir.

CHAPITRE 6

La peur au ventre

Une fois dehors, j'ai retrouvé Frédy. Il avait le museau plongé dans une poubelle, la gueule fermée sur un morceau de pizza. Je l'ai observé un moment. C'était un chien, sans aucun doute, une de ces bestioles attirées par les détritus, prêtes à déchiqueter n'importe quelle cochonnerie avant d'aller dignement lever la patte contre un réverbère.

— C'est bon? j'ai demandé.

Il a levé la tête.

— Blues? Je …

— Je croyais que tu ne fouillais jamais dans les poubelles?

— Je ne comprends pas, c'est la première fois. Je t'attendais, et soudain une drôle d'odeur m'a caressé les narines. Je n'ai pas pu résister, j'ai foncé, renversé la première poubelle venue et commencé à fouiner.

— Et t'as trouvé?

— Oh! Blues, je ne savais pas que les poubelles recelaient de tels trésors! C'est bon, tellement bon que j'ai envie de me rouler dedans.

— Ça suffit! Si tu veux revoir ton frère, il faut se dépêcher. On doit retourner au plus vite au terrain vague. Allez, en route, mon ami.

— Je… Laisse-moi encore un instant. Pars devant, je te rejoins.

Dégoûtant. Je n'avais rien d'autre à dire et je l'ai laissé au milieu de ses ordures. Je devais faire vite, retrouver les autres et agir, filer jusqu'au lac et, de là… En fait, je me demandais bien comment on allait faire pour atteindre l'île. Il n'y avait pas trente-six solutions, nous devrions sûrement nous mouiller les pattes et boire la tasse.

— Blues, attends-moi!

Le temps que je me retourne, et Frédy était à mes côtés.

— Tu pues, j'ai dit.

— C'est vrai? il a fait, étonné.

— Oh, oui, c'est vrai. Tu sens la poubelle, la vieille pizza et le camembert. À ta place, j'aurais honte.

— Alors, j'en suis un.

— Un quoi?

— Ben, un chien.

— J'espère que tu ne t'es pas roulé dans les ordures uniquement pour me prouver que tu en étais un, j'ai dit en lui jetant un regard noir.

Affreux, il n'y avait pas d'autre mot. Son pelage était taché de mayonnaise, et quelques morceaux de spaghetti étaient encore collés à son museau. À croire qu'il avait rattrapé le temps perdu et qu'il espérait maintenant faire partie de la bande à Molosse. J'ai accéléré le pas, et nous sommes rapidement arrivés au terrain vague. Agate était là, mais Jazz et Krados manquaient à l'appel.

— Où sont-ils? j'ai demandé.

— Toujours sur la piste du véhicule. Si tu veux mon avis, on n'est pas près de les revoir. Une voiture, ça peut aller loin.

— Et Volatile?

— Ici, Blues, lève la tête!

J'ai levé la tête et je l'ai vue. Elle était sur la clôture, avec son air des mauvais jours, les plumes tout ébouriffées.

— J'espère que c'est sérieux. Agate m'a réveillée, et moi, la nuit, je dors.

— Merci d'être venue, j'ai dit. Oui, c'est sérieux, même très sérieux. Tu vas essayer de retrouver Jazz et Krados, et tu vas leur dire que nous sommes au lac, sur l'île.

— Quoi!? L'île du lac!? a fait Whisky, affolé.
Tu ne veux pas qu'on aille sur l'île! Il ne faut pas,
Blues, il y a les ombres là-bas, des êtres démo-
niaques qui sortent la nuit, rôdent et emportent
avec eux tout être vivant. Des monstres, Blues, ce
sont des monstres. Même les hommes ne se ren-
dent pas à cet endroit. On dit que c'est hanté.

— C'est vrai, a dit Swing. Moi aussi, j'ai
entendu parler de ça.

— Ouais, a grondé Vélosse. Molosse nous a
toujours interdit de nous promener par là.

— Nous aussi, nous en avons entendu parler, ont lâché en chœur les frères Duraton que je
n'avais pas encore vus.

J'ai regardé tous mes amis, tous ces chiens et
ces chats courageux qui commençaient à trembler comme des feuilles à l'évocation d'ombres
ambulantes et de fantômes.

— Vous n'êtes qu'une bande de froussards!
Et vous devriez penser à vos chefs, Mambo
et Molosse. Parce qu'ils sont sur cette île, prisonniers d'un fou qui veut les découper en

morceaux et les recoller sur le corps du frère de ce whippet.

— C'est vrai?

— Bien sûr que c'est vrai!

— Mais c'est affreux! a dit Agate. On ne peut pas laisser faire ça.

Je me suis approché d'elle et je l'ai remerciée d'être allée chercher Volatile, la mouette, et les deux pigeons voyageurs.

— Tu as été courageuse, j'ai dit. Quant à vous, mes amis, j'ai ajouté pour Marco et Polo qui roucoulaient dans l'arbre du terrain vague, pourriez-vous survoler l'île et vérifier si elle est habitée? Ensuite, vous nous attendrez au bord du lac.

— Pas de problème, Blues, on y va.

Et d'un coup d'aile, les deux pigeons se sont envolés pour disparaître dans la nuit.

— Nous suivrons la rivière. Et je n'oblige personne à venir. Qui veut rester ici?

L'orgueil. Tous allaient me suivre, je le savais. Moi aussi j'avais peur, mais on ne pouvait pas abandonner Mambo aux mains d'un assassin. Je me suis retourné vers Agate, j'ai hésité et, comme je ne voulais pas qu'il lui arrive malheur, je lui ai ordonné de rentrer chez elle.

— Et pourquoi? elle a grondé.

— Parce que c'est dangereux.

— C'est plus dangereux pour une minette, c'est ça? Tu as peur que je n'arrive pas à me défendre, à mordre ou à griffer comme un gros matou? Tu me prends pour qui, Blues? Une sorte de potiche, un bibelot fragile que l'on pose sur une télévision, un chat de faïence, une décoration inutile, une…

— Ça suffit! j'ai coupé pour arrêter ce flot de paroles. Je… enfin, j'aurais préféré que tu restes…

— Je vais avec toi, c'est tout! En avant les amis, allons-y, ne perdons pas de temps en vaines parlotes. En route! Pour Mambo et pour Molosse, allons chasser les ombres de l'île.

Et elle a quitté le terrain vague en me jetant un méchant coup d'œil. Plusieurs fois j'ai essayé de la rattraper, mais jamais elle ne s'est laissé dépasser.

— Agate, j'ai murmuré, regarde-moi, au moins.

Elle était en colère, et j'aimais quand elle était en colère: ses yeux étaient encore plus verts.

— Et l'eau, comment on va traverser l'eau pour rejoindre l'île? a fait Whisky.

— Je croyais que tous les chiens savaient nager, j'ai répondu.

— Parce que tu veux te mouiller, toi, un chat?

— Bah…

— Tu sais, ce n'est pas l'eau qu'il faut craindre, mais ce qu'il y a dedans, a déclaré Whisky.

— Dedans? j'ai dit, étonné.

— Oui, Blues. Quand tu verras, tu comprendras.

CHAPITRE 7

Perdus dans la nuit

On a laissé la ville derrière nous, la ville et ses lumières, et on a longé la rivière. Agate marchait toujours en tête, faisant mine de m'ignorer quand j'arrivais à la rattraper.

— Agate, excuse-moi, je…

Elle avait toujours les oreilles basses et la queue qui se balançait de gauche à droite, un mouvement qui montrait sa mauvaise humeur.

— J'ai l'impression que ce n'est plus l'amour fou, a déclaré Tony en me dépassant.

— Tais-toi, sinon…

Mais c'est moi qui me suis tu. Plus on approchait du lac, et plus le paysage devenait inquiétant. Les arbres tendaient leurs branches vers le ciel comme des bras d'humains en train de se noyer et, derrière chaque tronc, on avait l'impression qu'une ombre pouvait surgir et nous emporter droit en enfer. La lune depuis longtemps s'était cachée, et une brume courait à la surface du sol pour en dissimuler les pièges et les trous. Pour agrémenter le tout, quelques moustiques et de gros papillons de nuit nous bourdonnaient autour.

— Je déteste la campagne, a fait une voix dans mon dos.

Tout était dit. Le silence est retombé sur notre troupe, et les insectes ont continué à nous énerver. Plus on approchait du lac, et plus ces satanées bestioles devenaient envahissantes. Elles nous fouillaient les oreilles et les narines, cherchaient à nous piquer, arrivaient à trouver un morceau de peau et nous pompaient aussitôt quelques gouttes de sang. Ça devenait vraiment pénible, et plus d'une fois j'ai entendu une mâchoire claquer dans le vide.

— On dirait des vampires, vous ne trouv…

— Chut! a fait Agate. Vous avez entendu?

Nous avions tous entendu. La plainte avait retenti, un couinement lugubre qui était vite allé crescendo pour devenir un cri strident. J'ai frissonné, doublé Vélosse et rattrapé Agate.

— Ça va? je lui ai demandé.

Elle ne m'a rien répondu. Elle avait peur et tremblait, comme nous tous. Le cri s'est répété, une sorte de râle qui s'est immédiatement transformé en un hurlement déchirant.

— On dirait la voix de Molosse, a murmuré Tadosse.

Ou celle de Mambo, j'ai pensé, le cri d'un animal attaché et torturé, une bête brisée sur qui quelqu'un s'acharnait.

— Vite, les amis, vite! Il faut nous dépêcher!

J'ai pris la tête, marché à côté d'Agate qui me collait au plus près. La rivière s'est rétrécie et a bientôt disparu, comme avalée par la végétation. Des broussailles, des fougères et des ronces nous barraient le chemin. J'ai essayé de me faufiler à travers ce filet naturel, mais je n'ai pas réussi à faire un pas de plus.

— Nous n'avons pas le choix, j'ai dit, il va falloir passer.

— Un problème ? a demandé Nonosse.

— Ce tas de branches et de broussailles, j'ai dit, découragé.

— Laisse-moi faire, Blues, a grondé le chien. Moi, quand je veux passer, je passe.

Il a grogné, forcé le barrage d'épines acérées, nous a ouvert la voie vers le lac. La lune est soudain réapparue, elle a éclairé le paysage, et nous avons découvert une immense étendue d'eau. C'était beau, avec une plage de sable et l'île au loin, au milieu du lac.

— Il ne nous reste plus qu'à traverser, a fait Tadosse.

Sans savoir pourquoi, j'étais inquiet. Tout était calme, trop calme, et aucune ride ne troublait les eaux.

— Alors, a répété Tadosse, on y va?

Les chiens, excepté Whisky, semblaient sûrs d'eux. Ils étaient prêts à foncer comme à leur habitude, tête la première, sans réfléchir.

— Je... Attendez. Marco et Polo devaient nous attendre ici. Il faut...

— Nous sommes là, Blues, ils ont dit ensemble. Juste au-dessus de toi, dans l'arbre. Nous avons survolé l'île. Il y a bien une habitation, avec une lumière, une très faible lumière. En fait, ça paraît tranquille.

Tranquille, oui, si on ne tenait pas compte des hurlements que nous avions entendus un peu plus tôt. Il devait y avoir un piège.

— Avez-vous vu autre chose? j'ai demandé.

— Non, rien.

— Des gardiens?

— Non, Blues. Nous n'avons rien vu à part cette petite lumière qui brillait dans la nuit.

J'ai de nouveau regardé le lac, cette étendue immense et plate. Je n'avais pas envie de me mouiller les pattes et je me souvenais aussi de ce que Whisky m'avait déclaré. Je me suis approché de lui et, à voix basse, je lui ai posé la question :

— Tu m'as bien dit qu'il fallait se méfier de ce qu'il y a dans l'eau, non ?

— C'est ce que j'ai toujours entendu, oui. Mais on ne voit rien.

— Blues ! a grondé Tadosse. Si tu as peur, reste ici. Nous, nous allons délivrer Molosse !

Et les chiens ont commencé à patauger dans l'eau, à marcher en direction de l'île.

— Eh, les amis, il y a de la flotte à mi-pattes. On peut traverser sans difficulté. Alors, Blues, tu viens ou tu restes sur le bord ? a fait Tadosse en se moquant de moi.

— Blues est une poule mouillée, a dit Nonosse.

— Un peureux, a renchéri Vélosse.

Et au même instant il a coulé, il a disparu

sous les eaux avant de réapparaître presque aussitôt et de se mettre à crier :

— Au secours, je me noie ! Gloup…

— Revenez, vous entendez, revenez immédiatement ! j'ai hurlé de la rive.

Les chiens ont battu en retraite et sont sortis du lac. Vélosse aussi. Il ne faisait plus le fier :

— Un trou, il y avait simplement un trou et je suis tombé dedans.

— Ce n'était pas un trou, j'ai répondu. Le lac doit être profond, c'est tout.

Comme je disais ça, il m'a semblé voir un aileron au loin, une sorte de nageoire triangulaire. Je n'ai rien dit, de crainte de faire peur à mes amis.

— Il faudra bien traverser si on veut retrouver Molosse et Mambo.

— Traverser, oui, mais pas à la nage, j'ai fait en regardant la surface des eaux.

Une menace rôdait, je le savais, je l'avais vue. Whisky avait raison, ce n'étaient pas les eaux qu'il fallait craindre, mais ce qu'il y avait dedans.

— Eh, a fait Totor. Il y a une barque, là. On pourrait l'utiliser.

C'était une idée, pas forcément la meilleure, mais c'était une idée. Totor et Nestor ont rongé le filin qui retenait la barque, et nous l'avons poussée à l'eau. Une fois grimpés à l'intérieur, nous nous sommes tous regardés.

— Et maintenant, comment on fait ?

— Maintenant, a fait Marco, c'est à nous de jouer.

Les deux pigeons voyageurs ont saisi de leur bec le bout de corde qui était resté attaché à l'avant de l'embarcation et ont commencé à nous tirer vers l'île. Ce n'était pas rapide, mais nous étions en sécurité, du moins pour le moment. Au milieu du lac, il m'a semblé revoir la nageoire fendre la surface des eaux.

— Tu as vu quelque chose, Blues ?

— Non, rien, je n'ai rien vu.

Mais j'étais certain d'avoir aperçu cette drôle de nageoire, une sorte d'aileron qui se dirigeait vers nous.

— Dites, les pigeons, vous ne pourriez pas aller plus vite? j'ai demandé à Marco et à Polo.

Whisky aussi avait vu un aileron. Mais nous n'avons rien dit, nous ne voulions pas affoler nos camarades, et l'île était proche maintenant, nous allions bientôt pouvoir accoster.

CHAPITRE 8

Comme des sardines dans un filet

Q uand la barque a touché le rivage, j'ai aussitôt bondi de l'embarcation et atterri dans
une flaque de gadoue. C'était sale et puant, ça
collait aux poils. J'ai fait quelques pas, les pattes
toujours enfoncées dans cette mélasse brune, et
j'ai remercié les deux pigeons voyageurs pour
leur aide avant de leur demander où ils avaient
vu la lumière.

— Droit devant, Blues, au centre de l'île.

On s'est tous mis en route, l'un derrière l'autre. Le sol spongieux est devenu un peu plus ferme, et il a bientôt fallu s'enfoncer dans une forêt épaisse. C'était loin d'être rassurant, surtout que la lune, comme par hasard, avait de nouveau disparu.

— J'aime vraiment pas cet endroit, a grogné Swing.

— Ouais, c'est inquiétant, a fait Tango.

— J'ai cru voir quelque chose, a grondé Tadosse.

— Les ombres, a marmonné Whisky, nous sommes sur le territoire des ombres.

À chaque pas, nous avions la sensation d'être surveillés, l'impression que des êtres étaient là, tapis dans l'obscurité, prêts à nous sauter dessus. Nous nous sommes rapprochés les uns des autres, poil contre poil, et l'odeur des chiens ne m'a plus du tout importuné. Au contraire, j'étais rassuré de sentir la présence d'un ventre à pattes à mes côtés. Et on a marché comme ça, presque à tâtons, en suivant une piste sans vraiment savoir où elle nous menait. Quand nous sommes arrivés au beau milieu de la forêt, le cri que nous avions déjà entendu a de nouveau retenti.

— C'est Molosse, j'en suis sûr et certain, a fait Vélosse. Blues, il faut se dépêcher.

— Là, a miaulé Tony, regardez!

Des yeux, il y avait des yeux qui nous épiaient.

— Montrez-vous, j'ai crié.

Et les yeux ont répondu, ils ont parlé :

— Fuyez, fuyez pendant qu'il en est encore temps.

— Nous voulons retrouver nos amis, j'ai dit.

— C'est trop tard, a répondu la voix, il est trop tard. Fuyez, fuyez pendant qu'il en est encore temps.

La lune est réapparue, elle a éclairé la forêt, les arbres et les fourrés, et des formes se sont déplacées autour de nous.

— Par Saint-Bernard, ces choses me hérissent le poil! j'ai dit.

— Approchez, a grondé Nonosse. Montrez-vous, que je vous croque le postérieur!

— Fuyez, partez maintenant, a répété la voix.

Mais il était hors de question de fuir, il nous fallait continuer, toujours avancer.

— Regardez, a soudain dit Agate, il y a une lumière.

Nous sommes tous restés figés sur place, comme hypnotisés par cette lueur. Nous étions tout près de notre but.

— Et maintenant, qu'est-ce qu'on fait?

Un plan, je devais trouver un plan pour délivrer Mambo et les deux ventres à pattes.

— Je vais y aller, j'ai dit. Je vais essayer de voir ce qui se passe à l'intérieur de cette maison. Ne bougez surtout pas, je reviens.

Ça ne me tentait pas plus que ça. J'ai hésité, j'avais peur, vraiment. Mais je ne pouvais pas reculer, montrer à tous que je tremblais des moustaches à la queue. J'ai essayé de me faire le plus petit possible et j'ai marché sur le bout des pattes. Le moindre bruit pouvait m'être fatal.

— Fuyez, a fait la voix dans le noir.

Les ombres savaient où j'étais et elles me suivaient. Elles me surveillaient, se déplaçaient à mon rythme.

— N'avance plus, reste où tu es.

Ces voix ne semblaient pas me vouloir de mal; au contraire, j'avais l'impression qu'elles m'avertissaient d'un danger. Aux abords de la maison, elles se sont tues, et les ombres ont arrêté de me suivre. Elles aussi avaient peur, elles aussi craignaient la chose qui vivait là. Ça ne m'a pas vraiment rassuré, mais j'ai continué, j'ai avancé de quelques pas et me suis approché de l'habitation. On aurait dit un cube de béton, un gros carré avec des ouvertures protégées par des barreaux. J'ai rampé au plus près et j'ai bondi sur le rebord d'une fenêtre. Ils étaient là, tous les trois, Molosse, Mambo et Frédo, attachés à des tables, les pattes et les museaux ligotés par des courroies de cuir. Une grosse lampe accrochée au plafond les éclairait. Comme j'allais me faufiler à l'intérieur par la fenêtre ouverte, le fou est apparu. Il portait une blouse blanche, un masque de chirurgien, et un outil brillait dans sa main. C'était un couteau, un immense couteau à la lame étincelante. Il s'est approché de mes amis et il a rigolé.

— Ha, ha, ha! je vais vous découper pour vous reconstruire! Toi, le chat, je vais te prendre les griffes et les offrir à ce whippet. Et toi, il a dit à Frédo, tu vas changer d'apparence. Tu auras bientôt une belle mâchoire. Quant à toi, il a ajouté en se tournant vers Molosse, je vais te découper la tête et la recoudre sur le corps de ce lévrier. Mais, a-t-il poursuivi en aiguisant son couteau, j'ai quand même un problème. Il me manque des yeux, de beaux yeux. Sauriez-vous où je peux en trouver?

Un malade, un fou. Je me suis retenu de jaillir de ma cachette et de lui sauter dessus. Seul, je ne pouvais rien faire.

— Des yeux, a continué l'homme, j'aime-rais avoir un animal avec de beaux yeux. Des yeux verts, par exemple, de beaux yeux verts.

Agate, j'ai pensé. Ce malade avait tout prévu : il savait que nous allions venir secourir nos amis. J'ai sauté à terre et couru en direction des autres. Je devais les prévenir avant que ma belle tombe entre les mains de ce fou sangui-naire. Ils m'attendaient à l'endroit où je les avais laissés.

— Les amis, j'ai dit, essoufflé. Molosse et Mambo sont dans la maison, avec le whip-pet. Et un malade va les découper en morceaux. Le pire, c'est qu'il sait que nous sommes là. Et…

Je n'ai pas pu continuer, il m'était impossible de prononcer un mot de plus et d'ajouter que ce fou nous attendait pour prendre les beaux yeux d'Agate.

— Et quoi, Blues ? Vas-tu parler ?

— Je ne sais pas comment faire pour les libérer, j'ai dit.

— Foncer, a fait Nonosse. Il faut foncer et libérer Molosse.

— Fuyez, a fait une voix derrière les arbres, fuyez pendant qu'il en est encore temps.

— Sûrement pas, a grondé Vélosse en montrant les crocs. En avant, les amis, allons libérer nos chefs!

Tous l'ont écouté et ont couru en direction de la maison.

— Attendez, j'ai crié, il doit y avoir un piège.

Comme je les rattrapais, il y a eu un grand bruit, et nous nous sommes retrouvés projetés dans les airs. Nous étions prisonniers d'un filet de pêche, pris comme des daurades ou des maquereaux, à nous balancer accrochés au bout d'une branche.

— Qu'est ce que c'est que ce truc? a grondé Tadosse en essayant de ronger les cordes.

— D'après toi, gros malin? j'ai répondu. On est faits comme des rats.

Et on a entendu le rire de l'homme, un rire de fou. Il se rapprochait de nous.

— Vous, les Duraton, fuyez, partez pendant qu'il en est encore temps. Vous pouvez passer à travers les mailles du filet. Vite, j'ai ordonné.

Je venais de répéter les paroles des ombres, mot pour mot. À l'instant où Totor et Nestor touchaient le sol, l'homme était devant nous, son grand couteau à la main.

CHAPITRE 9

Les ombres se vengent

—Des imbéciles, voilà ce que vous êtes! Des animaux sans cervelle, a fait l'homme avant de se remettre à rire.

Vélosse a grogné, tenté de mordre, le museau prisonnier des mailles. De mon côté, je n'ai pu que miauler.

— Des idiots, a continué l'homme. Comme si je n'avais pas fait exprès de vous conduire ici!

Je veux les yeux de cette belle siamoise, c'est tout. De beaux yeux verts pour parachever mon œuvre. Quant à vous autres, je vais m'exercer sur vos corps, vous découper menu-menu et vous recoudre ensemble, faire de vous une nouvelle ombre de la nuit.

J'ai soudain tout compris. Les ombres étaient des animaux reconstitués, des bêtes recousues les unes aux autres, des expériences ratées.

— Les amis, j'ai dit, il ne pourra pas nous attraper tous en même temps. Défendons-nous!

L'homme a levé vers nous son grand couteau.

— Krados! j'ai hurlé, fais quelque chose!

— T'as beau miauler, le chat, tu vas finir en steak haché.

Les ombres, les ombres pouvaient nous aider. J'ai appelé, grogné, je me suis débattu dans le filet, j'ai essayé de me sortir de là et de lutter. Mais c'était impossible, et plus je bougeais, plus j'avais l'impression d'étouffer. Soudain il y a eu un cri déchirant, et quelque chose est tombé du ciel. On aurait dit un éclair blanc, une flèche au bout d'une boule de plumes: Volatile. L'homme a lâché son couteau et s'est pris la tête à deux mains. La mouette l'avait frappé de son bec au beau milieu du crâne.

— Nous sommes là, Blues!

L'homme s'est retourné, a cherché sur le sol son long couteau. Comme il ne regardait plus dans notre direction, Totor et Nestor en ont profité pour bondir sur le filet et commencer à en ronger les mailles.

— Vite, vite, les Duraton! Sinon ce malade va nous transformer en pain de viande.

Et c'est alors Krados est sorti de l'obscurité, babines retroussées et crocs étincelants. Il avait l'air d'un loup hargneux, d'une bête sauvage et dangereuse. Jazz est apparu à ses côtés, poil hérissé et toutes griffes dehors.

— Vous croyez me faire peur? a dit le fou en essayant de trouver son arme.

Pourtant, il avait peur, ça se voyait, et il s'est carrément mis à trembler quand il a vu les ombres derrière les arbres. Elles se déplaçaient sans bruit, approchaient lentement, et l'homme reculait.

— Partez dans le bois, fuyez ou je vais vous battre! a crié l'homme. Vous n'êtes que des expériences ratées, des résidus de laboratoire, des horreurs.

Mais les ombres se rapprochaient, l'encerclaient, et je les ai bientôt distinguées. Ce n'étaient en fait que de pauvres animaux estropiés, des chiens et des chats découpés et recousus, des bestioles rapiécées, des monstres fabriqués par la main d'un homme au cerveau malade, des êtres difformes aux yeux vides et tristes.

— Dépêchez-vous, j'ai ordonné aux frères Duraton. Faudrait pas y passer la nuit.

Le filet a craqué, d'abord une maille, puis une autre, et nous nous sommes retrouvés sur le sol, cul par-dessus tête, à moitié assommés.

— Vite, Blues, a grogné Krados. Il faut libérer nos trois amis. Moi, je m'occupe de ce boucher.

J'ai repris mes esprits et me suis précipité vers la maison. Vélosse et Nonosse étaient à mes côtés, ainsi que Frédy, le whippet. En trois coups de dents, les chiens ont libéré les prisonniers, et nous sommes ressortis. La lune brillait et l'homme avait disparu.

— Où est-il? j'ai demandé.

— Il a fui, a répondu Krados, et les ombres, toutes ces pauvres bêtes, lui ont couru après.

Au même instant, on a entendu un cri affreux. C'était l'homme.

— Vous croyez que…

On s'est regardés, les ombres avaient dû se venger, se jeter sur le bonhomme et lui faire payer ses horreurs.

— Bon, j'ai dit. Tout le monde est là?

Ils étaient là, tous mes amis étaient là. Mambo et Molosse nous ont remerciés. Frédy semblait heureux d'avoir retrouvé son frère.

— Merci, Blues, sans toi…

— Ce n'est pas grâce à moi, j'ai répondu à
Frédy. Si tu veux remercier quelqu'un, remercie
Volatile, Jazz et Krados. Sans eux…

Et je n'ai plus rien dit, je ne voulais pas savoir
ce qui aurait vraiment pu arriver.

— Dis, j'ai demandé à Krados, comment
êtes-vous venus jusqu'ici?

— Par la route, Blues. Il y a un pont qui
rejoint l'île. Et nous ferions bien d'y aller maintenant, cet endroit me glace le sang.

— Auparavant, je veux rencontrer les
ombres. Où êtes-vous? j'ai crié. Montrez-vous.

Elles se sont approchées mais sont restées
cachées.

— L'homme? j'ai demandé.

— Il n'y a plus d'homme, a fait une voix. Et,
d'ailleurs, en était-il un? Il a fait de nous des
monstres, des êtres affreux.

— Vous n'êtes pas des monstres. C'était
lui le monstre. Venez avec nous, ne restez pas
ici.

— Toi, tu es un chat, mais nous, regarde-nous! Crois-tu que nous pourrions vivre en ville? Nous ferions peur aux enfants, et les gens nous chasseraient. Nous allons rester ici, Blues, sur l'île du fou, et nous disparaîtrons. Maintenant, adieu, et faites attention à vous.

Nous les avons quittées et, plusieurs fois, le cœur gros, je me suis retourné pour regarder dans leur direction. Les ombres, les ombres de la nuit, des «monstres», simplement parce que différents. J'ai eu de la peine, beaucoup de peine pour ces pauvres êtres. Qu'allait-il leur arriver? Comment pourraient-ils continuer à vivre? Est-ce si facile de se savoir différent, pas comme les autres, de sentir que les gens vous jugent sur votre apparence?

Sur le pont j'ai rattrapé Agate et marché à son pas. Les whippets étaient devant nous, Frédy et Frédo, deux frères heureux de se retrouver.

— Tu trouves qu'ils ressemblent à des ventres à pattes? j'ai demandé à la belle Agate.

— Et moi, tu trouves toujours que je ressemble à une potiche? elle a rétorqué.

Hum… la belle avait toujours les yeux aussi verts.

Je me suis éloigné d'elle et j'ai rejoint les whippets. Comme j'arrivais derrière eux, j'ai entendu Frédy demander à son frère :

— Dis, t'as déjà mis le museau dans une poubelle?

— Euh, non, a répondu Frédo. Pourquoi?

— C'est fabuleux, je te jure. On y trouve de tout, c'est bon, c'est tellement bon que t'as envie de te rouler dedans.

— Qui parle de poubelle? a grondé Molosse. J'ai faim, moi.

— Moi, a dit Frédy. Mon frère n'a jamais vu de poubelle.

— Alors, allons-y, les amis, la décharge municipale n'est pas loin, et question poubelle, on ne peut pas faire mieux.

Et les chiens ont disparu à la queue leu leu, même Whisky.

— Bon, a fait Volatile, le jour se lève. Si tu n'as plus besoin de moi…

— Merci, j'ai répondu, merci beaucoup.

Volatile a viré sur une aile, et les deux pigeons voyageurs l'ont suivie. Déjà, une lueur orangée perçait à l'horizon.

— Eh bien, les amis, il est temps de chanter.

Et j'ai chanté, chanté le blues de Blues, j'ai chanté pour les ombres, pour la vie et pour nos amis. J'ai chanté et je me suis souvenu de la boîte de sardines que Binocle me réservait. Je me voyais très bien la partager avec Agate, ma belle Agate.

Table des matières

CRÉDITS ET REMERCIEMENTS

Les Éditions du Boréal reconnaissent l'aide financière du gouvernement
du Canada par l'entremise du Programme d'aide au développement
de l'industrie de l'édition (PADIÉ) pour ses activités d'édition
et remercient le Conseil des Arts du Canada pour son soutien financier.

Les Éditions du Boréal sont inscrites au Programme d'aide aux entreprises
du livre et de l'édition spécialisée de la SODEC et bénéficient du Programme
de crédit d'impôt pour l'édition de livres du gouvernement du Québec.

Illustrations de la couverture et de l'intérieur : Pierre Pratt

AUTRES TITRES AU CATALOGUE

Boréal Inter

Ce livre a été imprimé sur du papier 100 % postconsommation,
traité sans chlore, certifié ÉcoLogo
et fabriqué dans une usine fonctionnant au biogaz.

MISE EN PAGES ET TYPOGRAPHIE :
LES ÉDITIONS DU BORÉAL

ACHEVÉ D'IMPRIMER EN MARS 2010
SUR LES PRESSES DE MARQUIS IMPRIMEUR
À CAP-SAINT-IGNACE (QUÉBEC).